KB210858

당신 집에서 잘 수 있나요?
김이강 시집

문학동네시인선 026 김이강
당신 집에서 잘 수 있나요?

시인의 말

해수욕을 하고 돌아오는 길에
들판을 지나 걷는다.
아주 단순하게
끝없이 걸어가는 일.

등신대(等身大)로 살아간다는 것.
평평하다는 건 그런 걸까.

2012년 9월
김이강

여수에서 평화로운, 나의 어머니께

차례

2부 신발이 필요해

3부 오늘은 긴 잠을 잤거든

1부

빌린 책은 다음에 줄게요

소독차가 사라진 거리

방과 후에는 곤충채집을 나섰지만
잡히는 건 언제나 투명하고 힘없는 잠자리였다

우리는 강가에 모여 잠자리 날개를 하나씩 뜯어내며
투명해지는 방법에 대해 생각했다
익사한 아이들의 몸처럼 커다란 투명
정환이네 아버지 몸처럼 노랗게 부풀어오르는
투명 직전의 투명

우리는 몇 번씩 실종되고 몇 번씩 채집되다가
강가에 모여 저능아가 되기를 꿈꾸는 날도 있었지만
우리들의 가족력이란 깊고 오랜 것이라서
자정 넘어 나무들은 로켓처럼 암흑 속으로 사라졌다가
아침이면 정확히 착지해 있곤 했다

몇 번의 추모식과 몇 번의 장례식
몇 개의 농담들이 오후를 통과해가고
낮잠에서 깨어나면 가구 없는 방처럼 싸늘해졌다
우리에게 알리바이가 필요했다

방과 후면 우리는 소독차를 따라다니며 소문을 퍼뜨리고
우체부를 따라다니며 편지들을 도둑질하고
강가에 쌓인 죽은 잠자리들을 위해 기도하고

우리는 드디어 형식적 무죄에 도달할 것 같았고
우리는 끝내 자정이 되면 발에 흙을 묻힌 채 잠이 들었다

몇 번의 사랑과 몇 번의 침몰도
암흑 속으로 사라졌다가 세상 끝 어딘가에서 착지하고

침수

어찌 보면 전공투 대원 같기도 한
다큐멘터리 화면처럼 앉아서 당신은 말하네
그저 이것저것
헤엄치는 법에 대해
크레인 내부와 바깥에 대해
어떤 견딜 수 없는 감정에 대해
멈칫하는 순간과 두통의 시간에 대해
숨을 참으면 사라지는 납작한 평화와
바리케이드 뒤에 나타나는 망망대해와
잠수교처럼 앉아서 당신은
왜 그렇게 커다란 안경을 쓰고 있나요
비 내리니 이토록 모두가 순조롭게 잠겨들어가는데
상상 없이 말을 한다는 건
어딘가에서 좋은 시간을 보내고 있다는 뜻일까

어찌 보면 다른 대원 같기도 한
다큐멘터리는 불가능한 화면처럼 앉아서 당신은
지금과는 다른 세계에서
다른 곳에 빠져 말한다
그저 이것저것
침몰과 침수와 광장과 사업은
어째서 다 물일까요
불의 시대가 있었던 것처럼

물의 시대가 있는 걸까요
기교 없이 말하네
메워지지 않는 하품을 하네
이 구간이 아니라면
다른 어딘가에서
당신은 침묵할 수 있을까

올림픽대로가 차단되었다는 소식
빌린 책은 다음에 줄게요
더 있어도 괜찮나요
당신은 일어섰다가
다시 앉는다

당신 집에서 잘 수 있나요, 오늘 밤

1
당신 집에서 잘 수 있나요? 오늘 밤
당신은 말한다 조용한 눈을 늘어뜨리며

당신은 가느다랗고 당신은 비틀려 있다

그럴 수 없다고, 나는 말한다 나도 어쩔 수가 없다고

가만히, 당신은 서 있다 딱딱한 주머니 속으로
찬 손을 깊숙이 묻어둔 채 한동안 오래
그 자리에 그대로 서 있을 것이다
행인들에게 자꾸만 치일 것이고
아마도 누구일지 모르는 한 사람이 되돌아오고
따뜻한 커피를 건넸을 것이다
그러는 동안 겨울이 갔던가

2
오늘은 고통과 죽음에 대한 장을 읽고 있다
이 책을 기억하는지
연필로 한 낙서를 지우지 못하고 도서관에 반납한 내게
겨울에, 당신은 묻는다 아무래도
이 책의 삼십칠 페이지에 있는 글씨가 내 글씨 같다고

안녕? 페이지 숫자가 마음에 든다

   3
편도를 타고 가서 돌아오지 말자.
옆 테이블에서 젊은이들이 이야기하고 있다
그런 말들 끝에 찻잔을 비우고 헤어진다
희미한 그림자들로 어떻게
대낮의 거리 한복판을 버티어낼까 망설이며
길 끝으로 사라져가고 있을 것이다

   4
어느 거리에선가,
당신은 누구일지 모를 한 사람을 만날 것이다
가느다랗고, 비틀리는 누군가를
그리곤 말할 수도 있을 것이다
당신 집에서 잘 수 있나요? 오늘 밤

파스빈더는 어떻게 쓰는가

날씨가 시큰해지면 배낭 메고 모과나무를 보러 가자 죽은 채로 박혀 암자의 기둥이 된 모과나무 파스빈더는 어떻게 쓸까 고민은 잠시 접자 우리를 잠식하는 것은 불안이 아니라 불란(不亂)

서 언어일지도 몰라 멍멍아 우리는 불어 스터디를 재개해야만 해 써먹을 데 없는 걸 터득하고도 무사할 수 있을까 너는 아르바이트에서 해고당하고 또 어떤 모양으로 떨고 있는가 나도 사실 잘렸어 외상 없는 세상에 살아서 얼마나 좋으니

어떨 때 금요일들은 바싹 마른 손모가지 위에 한없이 칼집을 내어놓고 내게 들이민다 말라비틀어진 나무처럼 생긴 것이 쑤욱 들어오는데 언제인가부터 나는 그것이 불란이라는 이름의 웃옷쯤 된다는 것을 알았다 글쎄 그건 열 살 즈음 엄마가 일본서 소니 오디오를 사온 후부터였을 거야 이퀄라이저가 푸르게 출렁이는 저녁 어스름마다 나는 빈방에 웅크려 앉아 있곤 했지

독일어를 공부하면 파스빈더를 쓸 수 있을까?
옐로 펜슬로 글을 쓰면 노란 글을 쓸 수 있을까?

누구일까 뒷골목에 검은 그림자를 심어놓은 착실한 청년은 또 어디로 가서 못질을 하고 있을까 우리는 왜 아직도

갑자기 떠안은 이 많은 것들을 되돌려주지 못할까 ⸺

노웨어 보이

소문에 따르면
당신은 몇 년 전 브라질에 있었고
그곳에서 대범하게 친구를 모른 척하며 지나갔다
그보다 몇 년 전에는 서울의 어느 버스에 앉아서
기타를 메고 지나가던 당신의 친구를 창밖으로 물끄러미
내려다본 적이 있다
그보다 몇 년 전에는 일시적 실종
그보다 몇 년 전에는 LP 레코드 가게를 기웃거리다
텔아비브를 들었으리라는 정황도 있다
몇 가지 기행일 뿐인데
당신은 마치 범죄자처럼
추적당하고 있다

음악은 실패처럼 돌돌 말려서
당신의 머릿속으로 끝없이 들어가고 있으나
뱉어지지 않는 무엇이 당신을 사로잡았기 때문에
그저 당신이 조금씩 미쳐가고 있으려니 생각하면
모두가 곤란할 것도 없었다
브라질 한복판의 그가 정말로 당신이었는지에 관해
우리는 한 번도 진지하게 이야길 나누어본 적이 없다
가벼운 목격담 바깥에서 당신은
같은 시간에는 가둘 수 없을 행성처럼 외로워졌다
가끔씩은 누군가에게 텔아비브를 건네며

음악에 관해 이야기했을 것이다
텔아비브를 건네준 그만은 진정한 당신이었으므로,

당신이 있어야 할 곳에 그 어떤 흔적도 없다면
이번엔 정말로 텔아비브는 어떠한가
괴물처럼 웃어대다가
당장에 짐을 싸는 것은 어떤가
그곳은 지명도 밴드명도 아닌
당신을 감싸고 있던 어떤 발음의 장소였을까

당신에 관한 유일한 증거를 여기 하나 밝혀두자면
아마도 당신은 읽어보지 못했을 어느 친구의 소설이다
그 속에서 당신은
살인을 하고 돌아온 친구와 함께
차에 시체를 싣고 머나먼 밤길을 달리고 또 달렸다
그 외롭고 시린 길 끝에서
당신은 아마도 하얗게 빛나고 있는 시체를
조용히 끌어다 바다로 흘려보냈을 것이다
완성되지 않은 소설의 끝은 그런 것이니

당신은 어디로 갔는가
당신 한복판의 범죄는 누구도 알지 못하니
실패처럼 머리를 감싼 채 누구에게도 인사하지 않으며

—

    이제는 텔아비브에서 걷고 있는가

—

미용사들

슈퍼맨처럼 망토를 두르고 앉았다

귀 자르는 것을 주의하라는 말은 무슨 뜻일까

망토 위로 귀가 떨어지는 꿈을 꾸게 될 것이다
더 크게 비명을 질러야 할 것이다
당신이 깨워줄 때까지 귀가 떨어져 쌓일 것이다

거울 속에서 섬뜩하게 눈을 뜬다

모든 싹을 감추어두었는데도
내 인생은 나를 눈치챈 것만 같다

어쩌면 망토를 두르고 집에 가야 할 것 같다

마르고 파란

아무튼 간에 너의 목소리가 나직나직하게 귀에 걸려 있다
우동 먹다 말았어

자동차도 고치고 담배도 피우고 그러던
마르고 파란 셔츠를 입은 사람이라니,
이런 묘사는 너무 외로워

*

처음엔 모든 게 크고 멋진 일이지만
나중엔 그런 것들도 그저 무심하게 흘러가는 거라고
쓸쓸히 말하던 사람도 있었지
그러니, 부디 잘 살아달라고 당부하던
마르고 파란 셔츠 입은 사람을 묘사하는 너에게
그 말을 전해야겠다고 생각했어
헤어진 애인처럼 전화 받지 않는 너에게

*

우리 사이에 남겨진 말들이 지나치게 문학적이라고 생각해
쓰지 않는 그것들을 살아가는 것으로 대신할 줄 아는 너를,

*

너를
당장에 찾아가려 했어
그렇지만 잠깐 멈춰서
조금 마음을 가다듬고
달려가고 있다, 너에게

자동차도 고치고
담배도 피우고 그러던
마르고 파란 셔츠를 입은 사람을 알고 있는
어떤 당신들에게

우리에겐 아직 유머가 있다*

흐린 날 의자를 놓고 앉아
하루 종일 졸음을 참았다
백야를 준비하기 위해서
흐린 날 비행장으로 가기 위해서
퇴근하는 사람들을 위해서
거리의 상점을 위해서
모두를 위해서
흐린 날 의자를 놓고 앉아 졸음을 참는 일은
즐거운 일

또 나는 분명히 졸음을 참았는데
꿈에서는 비행기에 매달려 와이어 액션을 하네
당신이 없는 당신 집에서 심심하게 맥주를 마시네
분명히 졸음을 참는데도
끝없이 꿈속으로 들어가는 건
쓸어도 쓸어도 흩어지는 영혼 탓일까
십일 분짜리 음악을 남기고 죽은 음악가를 위해
북극으로 가서 추락한 비행사를 위해
산속에서 죽어간 늙은 양치기를 위해
생명을 남기고 죽은 젊은 소방관을 위해
피를 마시며 외로웠던 뱀파이어를 위해
쓸어도 쓸어도 쓸쓸히 꿈속으로 전진해가는
졸음과 안 졸음 사이에서

흐린 날 의자 놓고 앉아 있네
백야로 가지도 않고
흐린 날 비행장으로 가지도 않고
모두를 위해서 와이어 액션을 하며
날아다니는 일은 즐거운 일

하루 종일 졸음을 참는 일은
하루 종일 조는 일과 같을까 다를까
졸음과 안 졸음 사이에서
고민과 안 고민은 와이어에 매달려 있는데
모든 것이 순조롭다면
어딘가에 우리의 유머가 남았다는 뜻일까

* "하지만 우리에겐 아직 유머가 있다", 로베르 두아노, 〈샹 드 마
르스의 기병대〉, 1969.

투과하는 세기

나는 이가 네 개나 없지만
바람이 새어나가지 않도록 주의하자
머플러가 흘러내리지만
목이 잘리지 않도록 주의하자
보랏빛 강가를 걷고 있지만
시퍼렇게 물든 표정으로 기어나오는
언니들을 보고 놀라지 않도록 주의하자
그래도 이렇게 추운데 언니들이 왜 그곳에서 나온 걸까
나는 머플러를 풀어서 목이 잘린 언니에게 둘러준다
추운데 왜 거기에 있었어요
그녀는 말이 없다
이가 몽땅 빠져버린 걸까

언니들은 다시 보랏빛 물속으로 들어가
수초에 엉켜 몸을 숨긴다
이제는 더이상 예전처럼
오랜 세월을 깊은 물속에서 기다리는 것 같지 않다
폭우가 몰아쳐도 이젠
잠긴 몸을 끌어안고 침울해지는 것 같지 않다

나는 기억이 없지만
아무에게나 인사하지 않도록 주의하자
그래도 나는 안녕이라는 말을 좋아하니까

가끔은 안녕 하고 말하고 말겠지
가끔은 앞으로 뒤로 걷다가
내가 밀쳐내고 나온 저 물속을
기억하고 말겠지
나는 머리칼에 엉켜 붙은 풀들을 하나씩 떼어낸다
떨어져나간 수초들이 조금씩 그리워지는 것 같았다
얼어붙은 발걸음들이 조금씩 선명한 슬픔으로 빠져드는
것 같았다
추문처럼 사람들은 자꾸만 되살아나는 것일까

모니끄네 집

벌써 한 달이 넘게 네 꿈을 꿔 어떤 날 너는 멀리 사라졌다가 돌아와 손을 잡다가 어떤 날은 행인 어떤 날은 아빠의 얼굴이 되어 검은 문을 열고 들어가지 그런 날 나는 좁은 방에 갇혀 하루 종일 어지럽게 빙글빙글 제자리를 돌아 플레이어 속의 시디처럼

그러곤 벌써 한 달이 넘게 너는 죽고 있지 자꾸만 죽어 어떤 날 너는 야경이 아름다운 다리에서 뛰어내렸다가 알약을 백 개씩 주머니에 모았다가 어떤 날은 나이프를 찾아 헤매지 그어도 그어도 피가 나지 않는 손목을 물끄러미 들여다보며 너는 무슨 희망을 떠올리고 있던 걸까

어떤 날 나는 아무리 깨어나도 그치지 않는 악몽 속을 헤매곤 해 문과 문 사이 아무리 깨어나도 다시 초인종이 울리는 공명과 공명 사이 아빠는 방에서 잠을 자면서 문밖에서 초인종을 자꾸만 누르고 있었어 꿈을 꾸던 사람은 누구였을까 자꾸만 깨어나던 사람은

그런 날 나는 좁은 방에 갇혀 하루 종일 손톱을 깎지 멈추지 않는 손톱 땅속에 묻혀 있던 증조할아버지는 머리카락이 자라고 있었어 희멀건 전두골 위로 흐르는 빗질과 빗질 사이 머리카락과 손톱은 물만 있으면 자란다지

까매질까 자꾸만 왜 꿈은 나를 깨울까 검은 문을 열고 들어간 너는 왜 나오지 않는 걸까 아빠는 왜 자꾸만 밖에서 초인종을 누르면서 방에서 잠을 잘까 할아버지는 왜 물이 흐르는 자리에 누워 계셨을까 새벽에 버드나무는 검은 머리칼을 늘어뜨리고 있었는데 버드나무는 아무렇게나 꺾꽂이해 두어도 자라난다는데 얌전히 물을 주던 사람은 어디로 사라진 걸까 누구일까 너는 자꾸만 꿈에 나타나는,

Black Apron

키울 수 있어요
밥 주고 물 주며 안아줄 수 있어요
노력할게요
해질녘엔 휘파람도 불어줄 수 있어요
엊그제 우리는 시청을 걸었어요
사슴처럼 앞발을 모으고
덕수궁 지나 영화관 지나 주차장 지나
선글라스를 끼고 걸었어요

등에는 파스를 붙이고 걸었어요
손 닿지 않는 곳에서 구겨져 있는
피로나 그리움 같은 것들도
미술관 앞에 하나씩 시청 앞에 하나씩
남겨두었었나요?

아무도 쓸어가지 못하면
돌멩이가 되고 낙엽이 되고
부드러운 털을 쓰다듬을 수 있어요
더는 아무것도 없어요
그렇지만 노력할게요

검은 앞치마를 두르고
우리의 밤을 통째로 휘젓고 있는 범인이

어디엔가 존재할까요
이게 다예요
사슴과 돌멩이와 낙엽과
더는 아무것도 없어요

순이와 산책

느려지는 것이 중요해
아무튼

침을 뱉어봐 멀리
퉤, 이렇게?
그래가지고는 안 돼, 더 멀리

물고기들이 몰려오고 있어
너를 먹으려는 거야

순이와 나는 연못가에서부터 조금씩
조금씩 뱉어져갔다

바위틈에 숨어 있던 쓰르라미가
끼룩끼룩 울었다
지나가던 꼬마들이 푹푹 웃었다

우린 얼마 남지 않은 웃음을
연못가에 남겨두었다

눈이 내리자
뒷집 강아지가
멍멍 짖었다

눈을 맞으면서 우리는 꼬리를 흔들며 뛰어다녔다

계절을 건너는 아이들

봄을 타고 숲 저편으로 건너가면
반전처럼 겨울이 있었다
그즈음 마을 전체가 계절에 대해 말하고 있었지만
짚어낼 수 없는 위로처럼
투명한 바람들만 풀렸다 헝클어지고는 했다

살인으로 조용해진 그 집 앞은
사시사철 습한 살 썩는 환향에 휩싸였다
작은 무덤 둘을 안고 산등성이로 뻗어오른 대숲으로
세상의 모든 그림자들이 쫓겨가고 있었다
마을 어른들이 그 길 지나는 아이들을 단속했다

벚꽃 날리는 가로수 길이 다정하게 도시를 에워싼 오후에
하굣길 아이들은 숲 저편의 서늘함에 대해 상상했다
사라진 친구와 사라진 친구의 엄마와 사라진 친구의
동생과 사라진 친구의 연둣빛 머리띠

상상 끝에 우리들은 볕이 따뜻한 플라타너스 근처로 재
빨리 달려갔다
나무 아래 진종일 서 있다 서 있다가
결국에는 죽은 아이도 있었지만
이제는 아무도 지키지 않는 나무 위로 오르면

지평선 끝에
이상하고 빨간 울혈 같은 것이 보였다

바다 밑바닥에서의 며칠

지구 끝까지 제야가 이어지고 있어
자꾸 목이 말라
세척 세제들을 모아놓고 조금씩 핥아보았어
아직 가져보지 못한 무언가를 생각해

어떤 무심한 지대로 갈 수 있다면
비늘의 흔적이 남아 있다는 우리 몸에도
기억의 지느러미 같은 것 돋아날까
인간의 엷은 피부를 사랑한다던 사람들은
서로를 먹어가며 조금씩 외로워지겠지만
고래 등에 감겨 잠든다는 물고기들처럼
깊은 바다 밑바닥에서 며칠씩 고요할 수 있을 테지

한쪽 끝에서는 밀려오고
한쪽 끝으로는 밀려나가는
가파른 기류를 호흡으로 세어본다

해갈을 위해 갈매기들은 자꾸만 한 별에서 떠나가
달 아래로 간다
물이 흐르던 시대로 가서 목을 축이고 돌아오면
갈라진 등줄기를 맞대어보지 않아도
살결들이 음파처럼 흘러
투명하게 만날 것이다

한 번도 성공한 적 없는 음악이
투명한 새떼가 되어
날아가는 광경을 목격하게 될 것이다

달의 인력이 없이도
바다는 움직일 것이다

시월

혹인 남자가 연주하는 바흐의 곡이 머릿속에서 넓은 하늘
로 울리는 저녁 서쪽 하늘엔 어김없이 노을이 지고 옥타비
오 파스의 시 몇 편 소리 내어 읽는 저녁 시린 발을 잡고 진
한 커피를 마시는 저녁 사선으로 가로지르는 비행운 같은
안부를 바람에 던져보는 저녁 어디서 났는지 모를 피가 사
람들 수군거리게 했지 아픈 건 아닌가봐 낫낫한 입가가 피
로한 저녁 서쪽으로 난 전면 창이 있다는 카페 그 카페에도
물들었을 노을 그 노을에도 담겨 있을 선율 콘트라풍투스
다른 공기들로 연주되는 시월의,

바람 부는 날에 우리는

바람 부는 날에 알게 되었다
슬픔에 묶여 있는 사람들의 느린 걸음걸이에 대하여

고요한 소용돌이에 대하여
줄을 풀고 떠나가는
때 이른 조난신호에 대하여
삐걱삐걱 날아가는 기러기들에 대하여
아마도 만날 것 같은
기분뿐인 기분
아마도 바위 같은
예감뿐인 예감

어디선가 투하되고 있는 이것들을
뭐라고 불러야 할 것인가
구부려도 펴도 나아지지 않는,

2부

신발이 필요해

루, 마망

루, 마망
루, 마망
죽은 사람을 위해 건배해요
우리의 배가 정박했으니
흙 위에 영혼을 눕히고
불을 지펴요

마망 루, 마망 루
손바닥에 그어진 반달 모양의 칼자국이 보이나요
이건 부족의 영광 부족의 상징이죠
어느 끝으로 가도 반달 모양 칼자국은
형제라고 마망 루, 당신이 그랬지요

마망, 피오르가 죽던 날 나는
심장에다 반달을 새겨넣었어요
마망에게도 보이나요?
전 세계에 뿌려진 우리들의 심장이
흙 위에서 지펴지고 있어요

그러나 루, 마망
당신을 남기고 떠나요
당신의 안녕과 당신의 사랑을 위해
돛을 올리고 항해해야만 해요

루, 마망, 돌고 돌아 다시 돌아오면

루, 마망, 당신은 기억을 잃겠지만
이 세계의 선율들이 온 힘을 합하여
연주되고 있으니
우리의 노래를 불러주세요
바람이 우주를 마시기 전에*

* 김수영, 「채소밭가에서」, "바람이 너를 마시기 전에"에서.

정오와 알람과 고양이

떠나기 전에 넣었어요
벽을 부수고 넣었어요
그 아이는 트럼펫을 불어요
알람은 맞추지 않습니다
마음은 언제나 포근하거든요
벽 안에서 새끼 고양이가 태어나고 있어요

언니가 죽었다는 건 농담이에요
영철이가 죽은 것만은 사실이에요
오억 개의 벽 뒤에서 영철이는
머리에 피를 흘리며 죽었겠지만
아이들은 자라고 영철이도 무럭무럭
벽 안에서 머리를 기르고 있어요

새끼 고양이를 책임지고 싶어요
피리도 불고 춤도 추고 막 그러고 싶어요
오늘 당신은 쓸쓸해진 위장을
쓸어내리지 않아도 되겠어요
아픈 다리를 쥐어박을 필요도 없겠어요

한 소년을 좋아합니다
정오의 해가 우리들 머리 위로 내려옵니다
헬륨 풍선처럼 아이들이

한 명씩
한 명씩
하늘로 올라가고 있어요

우린 지금 너무,

푸른 저녁

푸른 저녁에 대하여 생각하느라
숙제를 도저히 못 하겠는 것이라
푸른 저녁을 쓰고
숙제를 해야겠다고 생각한 것이다
푸른 저녁
이렇게 네 글자를 써버려야지
그리고 숙제를 해야지

숙제를 빨리 해버려야지
그리고 푸른 저녁에 대해
실컷 생각해야지
생각하다 푸른 저녁이 되어버려야지
푸른 저녁이 되어버려서
나를 생각해야지
나를 생각하다가
나로 돌아오지는 말아야지

숙제는 묵은 문제
묵은 문제는 묵혀서 먹어야 제맛이니까
그렇지
푸른 저녁을 실컷 생각하다가
푸른 저녁이 된 다음에
숙제를 먹으면 되렷다

해변에서의 조우

저능아 인기가 죽고 아이들이 익사했다는 연못이 메워지
고 그해 여름엔 체르니 백 번이 끝나고 바흐도 끝났다

수영복을 입은 채 신호등을 기다리는 거리를 지나 떡볶이
를 사먹었고 무너져내린 난간에 걸쳐진 해변을 지나 등교했
고 인기가 기대어 서 있던 플라타너스 나무와 아이들이 익
사했다는 연못 사이에 있는 집이

언제부턴가 실종되었을 때, 수영도 안 할 거면서 모래사
장에 앉아 있었을 때, 새들이 돌아와 죽는 모습을 구경할 수
있을 거라고 생각했는지도 모르는 때, 다리가 무너지던 날
밤 삼촌이 차를 몰고 강을 건너왔는데,

갑자기 뒷덜미를 잡아끌던 손은 너였을까 강인한 근육이
푸르게 넘실거리던 그 팔은 너였을까 잠수종이 울려 퍼지
면 물귀신들이 달려와 물어뜯던 그 머리칼은 너였을까 해
변의 끝까지 나를 밀고 가던 그 흩어진 건반들은 너였을까
너였을까

가늘게 뜬 눈이 수평선처럼 환하게 잠기던 곳은
마을에서 백 리를 나가도 없었을 모래사장이었을까

서울, 또는 잠시

채식주의자처럼
맨발일 때가 좋지

광화문에서 내렸고
서대문까지 걸었다
이렇게 문들 사이로 걸어도
성의 윤곽은 알 수 없는 일
한 언어를 터득하기 위해
사람들이 살다가 죽을까

당신을 위로하고 싶은 마음에
목구멍에 침묵을 걸었는데
그런 건 위로가 아니었을지도 몰라

*

모든 것이 순조롭게 끝나는
상한 맛이 나는 영화였다

인사동을 돌아서 천변으로 걸었다
오래전엔 여기 어디쯤에서
술에 취한 김수영이 밤거리를 건넜을까
조금 더 걸어가면

이상이 차렸다던 이상한 다방이 있을 것이다

극장에서부터 우연히 앞서 걷던 여학생 둘이서 열띤 토
론을 한다
이 영화는 던져놓은 미끼를 회수하지 않았어. 정말이라
니까.
급하게 판을 접었지. 응. 급하게 접었다니까. 제작비가 부
족했을까.
그게 스타일일 거야. 아. 그런가. 그렇다니까. 신경증일
수도 있어. 일종의.
아, 그런가.

안녕, 아가씨들
당신들의 치아 사이로
바람이 조율되고 있구나

*

퇴근 행렬이 길어진다
남산으로 가서 돈가스를 먹어도 좋겠다고 생각한다
언젠가는 이 세상에서
친구의 집을 향해 걸어가는 사람이 멸종해버릴 것이다

내 신발이 엄청나게 자라고 있다
돈가스를 먹지 못했다
자전거도 없는데 내 친구의 집은 너무 멀기 때문에

*

걸었던 길들을 접어서

가방 속에 넣었다
가방을 어깨에 걸었다

걸었던 마음들이 한꺼번에 밀려오는 일
당신의 윤곽이란 이런 것일까

신발이 필요해
당신에겐 정말로 신발이

강원도는 안녕하니?

서울에 비가 내리는데 강원도는 안녕하니?
금이 갈 수 있는 것들은 금이 가고
깨질 수 있는 것들은 모두 부서져버렸지만
괄호 속에 있어도 괜찮아
바다와 고래와 구름 그림자가 싸움을 걸어오거든
몸이 투명해지도록 무심해지면 돼

서울에 비가 내리는데 혼자 올 수 있겠니?
di di ana, di di ana,
이건 스페인식 안부라고 생각해
잠깐씩 멈췄다가 흐려지는 길목에서
때마침 더이상은 시도할 게 없어져버렸지만
전화할게, 폭우를 몰고 오다가 주춤하는 사이에

부서진 피아노를 안고 강원도는 따뜻하니?
새들이 서울 끝까지 날고 있어
서울은 끝났다가도 돌아오고 사람들은
돌아오지 않은 채로도 사랑을 할 테지만
어떻든 괜찮아, di di ana
그런데 넌,

오고 있니?
해변에서 태워버린 까만 나를 데리고

말과 염소

말이 말하네
매헤 매헤 염소야
나도 제법 염소 같지 않니

염소가 말하네
끼히힝 말아
너는 그래가지고는 염소 되긴 글렀다

염소는 담배를 물고 의자에 길게 앉았다
말이 의기소침하여 염소를 물끄러미 바라보고 있다

그리고 한 남자가 풀밭에 누워 있다
그에게는 사랑하는 사람이 있었고
지워버렸다

하늘이 얼룩져 있다

말이 다시 말한다
왜 내 여자친구는 너를 좋아할까

염소가 말하네
그걸 알았으면 우리는 등장도 못 했지!

한 남자가 두 손으로 목을 감싼다
그에게는 지워버린 사람이 있었고
자신의 그림에서 빠져나오고 싶었다

그것이 그를 그리게 했다
얼룩진 하늘에서 가장 멀리 떨어진 곳
한 남자가 풀밭에 누워 있다

하늘이 얼룩져 있다

안녕, 돌멩이

안녕? 돌멩이
안녕 안녕?
돌멩이

우린 서로 말이 없구나

안녕 돌멩이
안녕 안녕?
안녕? 돌멩이

우린 모두 공개되지 않았어

그러니 안심하렴

우린 계속 말이 없어도 된단다

안녕 돌멩이
안녕 안녕?
안녕? 돌멩이

우린 모두 가마니를 뒤집어쓰고
가만히 앉아 있구나

안녕? 돌멩이
내 이름은 애벌레야

개들의 산책

돌들이 밀려오고 있었지
크레페 두 다스를 먹기 위해 살인을 했어

개들은 살인 냄새를 맡고 꼬리를 흔들며 길을 나서지
두 다스의 후각들이 거리를 활보하네

두 다스의 살인과
두 다스의 돌들과
두 다스의 침묵들

두 다스의 석양을 먹은 후에
우리는 빠르게 음습해지고
느리게 목 안쪽을 두드려보네

어떤 불길한 꿈들이 흘러나와
우릴 움직이게 했지
말하고 걷는 물질성들이
도처에서 몰려다니고 있어

두 다스의 살인을 하기 위해 크레페를 먹었네
크레페 냄새를 맡고 사람들이 길을 나서네

이제부터는 어느 쪽을 향해 기울까?

개들은 조용한 흙밭을 차곡차곡 눕히고
편향성에 대해 생각해
죽을 곳을 향하여 조금씩
고개를 빼며 자라나고 있지

피라미드처럼 슬퍼지기 위하여*
하루 종일 우리는 산책을 했어
나의 목은 한없이 길어지고 있구나

* 윤동주, 「비애」, 1939, "피라미드처럼 슬프구나"에서.

모두가 걸어가네

햇살이 접히던 오후였네
모든 것이 제자리에 있었네
산책은 바람을 따라잡지 못하고
얼굴은 얼굴을 닮을 수 없었네

머리카락의 길이로는 사람을 알아볼 수 없네
비가 오려고 하는 하늘을 보라고 속삭이네
내일은 비가 온다고
어제도 비가 온다고

그러나 오늘은
오늘에 대해서는 할 말이 없네
거리를 걷고 있었네
밤은 갑자기 찾아오지 않는 법

사람들은 사과 향 주스를 마시고 있었네
사과 향 풍선을 불었다고 해야 할까
렌즈를 보고 말하는 영화도 있는데
누구도 그 누구와 눈을 마주치지 않았네
렌즈를 보고 말하는 영화도 있는데
누구도 그 누구와 어깨를 부딪치지 않았네
트리뷴, 트리뷴, 트리뷴!

어깨의 모서리마다 안개가 앉아 있었네
(이 자리에 써두었던 문장은 어디로 사라졌을까)
신문이 사정없이 매달려 있었네
사과 향 풍선을 불어보았네
사람들이 비옷을 나누어주네

어깨가 아파오네
거리에는 떨어진 안개들이
모든 제자리의 것들을 숨죽여 지켜보고 있었네

12월주의자들

　사실 나는 좀더 버릇없이 살고 싶어요 지금보다도 더 예의 없이 살고 싶어요 포도를 씻으면서 계속 생각한 거예요 그런 게 멋있다고 생각해요 그러나 나는 그렇지 못하죠 지금보다 훨씬 더 예의를 차리곤 하죠 그건 내 콤플렉스예요 컴플렉스라고 분명히 썼는데 콤플렉스로 바뀌는 한글 파일의 콤플렉스처럼 말이에요 오늘 이 글은 손으로 썼지만 옮기면서는 다른 글이 되어버리고 마는 콤플렉스예요 음악가가 되려고 했어요 한번쯤 그럴 수도 있잖아요 내가 태어나기도 전에 일어난 일들처럼 내가 아무것도 아닌 적이 있을까요 당신의 음악을 사랑해요 아무것도 아닌 때에도 음악은 음악이고 내가 태어나기 전에도 후에도 아무런 연관성 없이 콤플렉스처럼 일어났어요 이런 건 다 콤플렉스예요 노트에는 컴플렉스라고 썼는데 여기서는 콤플렉스라고 쓰는 것처럼 아무렇게나 뒤바뀌는 게 계절이에요 이런 계절 또 있을까 단 한 번도 반복되지 않는 게 계절이에요

　사실 나는 어딜 향해 이야기하는지 아직 정하지 못했어요 그리고 도무지 모르겠어요 포도는 너무 예뻐요 농약이 묻어 있을까봐 흐르는 물에 오래 씻은 컴컴한 보랏빛 포도 포도는 신사임당을 떠올리게 해요 치마폭에 그려진 포도 어릴 적 삽화에서 보았거든요 신사임당을 쓰자마자 갑자기 불안해져요 포도 물은 잘 안 빠지잖아요 포도를 먹다가 옷에 흘리면 안 되는데 물이 안 빠지면 안 되는데 그런 걱정 없이

포도를 먹을 수 있다면 좋겠어요 내일 일어날 걱정도 없이
술을 먹는다면 좋겠어요 술은 아무 죄도 없고 그렇다면 도
무지 어디 가서 미워해야 할지 모르겠어요 내 과거도 미래
도 아무런 죄가 없는걸요

　오늘은 가을이 조금 지겨워요 시작한 지 얼마도 안 되어
벌써 지겨워요 멍하게 앉아서 뚫어지게 쳐다봐요 오늘은 몸
이 지치고 피로해요 항상 지치고 피로하지만 오늘은 특히
지쳐요 버스에서 잠도 잤는데 도대체 모르겠어요 노트에 써
놓은 건 뭐고 지금 쓰는 건 뭔지 나는 노트에 있는 걸 옮기
려고 했는데 여긴 까마득히 알 수 없는 얘기들뿐이에요 윗
집에선 쿵쾅쿵쾅 아이들이 뛰노는지 어른들이 싸우는지 벽
에다 못을 박는지 알 수 없는 소리들 알 수 없는 일들 그리
고 나는 도대체 무슨 색깔을 좋아한다고 답해야 할지 모르
겠어요 보라색은 어릴 적에 좋아하던 색이고 포도도 보라색
인걸요 엄마 뱃속에선 조금 잠들었을 거예요 그때 아빠 아
팠어요 엄마도 아팠어요 나도 아팠지만 숨죽여 잠든 척했
다가 지금은 숨죽여 숨죽여 살고 있어요 도무지 당신 누구
인지 모르지만 숨죽여 이런 글을 쓰듯이요 이 글을 마치면
어떻게 될지 모르겠지만 너무 길잖아요 너무 긴 건 싫으니
까요 시월 저녁에 우리는 모두 조금씩 작아졌다고 믿어요

폭우

그런 건 소용없어요!
엄마가 분노했다
내가 엄마의 팔에 매달렸다
어쩌면 처음부터 피아노는 팔려나갔어야 했을 것이다
집 안의 모든 물건들을 팔아버리고 나면
자유의 몸으로 도망이라도 갈 수 있을 줄 알았지만
우린 더 좋은 집으로 이사했다
빚더미 위에 새들이 하얀 웃음을 갈겼지만
우린 더 좋은
집에 올라가 있었다
가끔씩은 미친 남자들이 칼을 들고 한밤중 문밖에 서 있
었다
그런 날이면
베란다 너머로 교복 입은 아이들이 버스를 기다리며 서 있
는 모습이 보일 때까지
엄마도 나도 미동이 없었다
연핑크 빛 방문 안에서 나는 음악을 들었다
약물중독으로 죽은 음악인들의 삶이 늘 그리웠다
그날 나는 조금 늦되게 방에서 나왔다
폭풍우가 몰아쳐서 유리창이 떨어져나갈 것 같았다
그런 건 소용없어요!
엄마가 외쳤다
유리창은 이미 어긋나 있었다

경비 아저씨가 올라와 십일 층에 매달린 유리를 온몸으
로 잡고 있었고

나는 학교에 갈 수 있을지 조금 망설이며

교복을 입고 있던 찰나였다

모자를 쓴 모드씨

얼굴을 가리는 모자를 쓰는
모드씨는 어느 날
앵그리 워처라는 사진을 보여주었다

angry watcher는
물론 사진의 제목이지만
모드씨의 소설 제목이기도 하고
모드씨의 사진은
모드씨의 소설의 일부이기도 하고
모드씨의 소설은
모드씨의 사진의 일부이기도 하다

모드씨의 소설은
물론 시적이다

어느 날 모드씨는
모자를 쓴 모드씨를 사진기에 담았다

사진 속 얼굴을
가리는 모자를 쓴 모드씨는
누가 보아도 믿을 수 없는
참혹한 실루엣을 드러내고 있었다

흐린 하늘이 모드씨를
수상하게 내려다보고 있다

트랄랄랄라

안개나무의 둘레를 재어보려고 해요*
묵직하고 가여운
안개나무의 둘레를 재어보려고 해요
안개나무 속으로 들어가
안개나무의 둘레를 재어보려고 해요
들어가 안개가 되어보려고 해요
묵직하고 가여운
안개나무 뿌리에 꽃을 피워보려고 해요
묵직하고 가여운
허공 위의 꽃이 활짝 피기 전에
들어가 안개가 되어보려고 해요
안개나무의 팔에 매달려
휘파람을 불어보려고 해요
안개나무의 팔에 매달려
조그만 새들이 한꺼번에 날아올라보려고 해요
새들이 날아오르기 전에
안개나무의 둘레를 재어보려고 해요
들어가 안개가 되어보려고 해요
두통에 시달리는 안개를
쓰다듬어보려고 해요
쓰다듬다 감염되어보려고 해요
감염된 새들을
멀리멀리 보내려고 해요

어깨 어깨마다에 각자의 새들을
감염된 새들을
꽃이 활짝 피기 전에
서리 머금은 구름이 부서지기 전에

* 박상순, 「너 혼자」, "너 혼자 이 자욱한 안개나무의 둘레를 재어
볼 수 있겠니?"에서.

친밀함에 관한 온화한 논쟁들

능력을 보여줘
너에게로 가서 너에 대하여
너 아닌 곳으로 가서 그곳에 대하여

X자 모양의 그림자를 가진 우리들의 땅에서
빵을 뜯거나 장미를 먹을 수 있다
죽음에서 죽음까지
소금소금 걸을 수 있지

현해탄을 건너다 신발만 던지고 걸어나와
태연한 표정으로 저 땅들을 밟을 수 있고
물고기라고 발음하며 키스할 수 있고

사이로 날아오는 깃털 달린 빛들을
돌려보낼 수 있다

용기 내지 않을 수 있다
비는 푹푹 나릴 수 있고
다시 푹푹 쌓일 수 있고

세 개의 손을 가진 너는
두 개의 손을
구석구석 안아줄 수 있다

해파리떼가 바다로 돌아가면
전갈은 숨겨놓은 날개를 펼칠 것이다

못과 들국화

누군가 건네주는 먹이를
의심 없이 먹었다
그는 마음이 따뜻해지는 것 같았다
그의 손이 내 머리 위를 지나고

머리 아래에는 가지런한 풀밭이 있고
풀밭에는 사람이 한 명 사람이 두 명
강아지 한 마리

그는 내게
누군가 필요하다고 느끼는 것 같았다
그는 내가 어쩌면
유기된 것일지도 모른다고 생각하는 것 같았다

내 이마에 난 혹이 조금씩 자라고 있는 느낌이 들었다

풀밭에는 사람이 한 명 두 명
내 머리칼이 금빛 노을을 지나고
혹처럼 자라난 묘지 위로 풀들이 지나고 그의 몸이 지나고

우리 사이에서 적당한 온도가
쏟아질 것처럼
사람이 여러 명

강아지 한 마리

풀밭 위에서 구경을 하고 있다

well-tempered clavier

파산한 엄마가 빨간딱지를 보며
맥없이 웃던 저녁
외할머니 지어준 튼튼한 집이
창백하게 식어가던 저녁
나는 말없이 피아노 뚜껑을 열고 피아노를
치다 말곤 말했지
엄마 피아노 조율을 좀 해야겠어요
피아노 소리 슬어가던 저녁
아무리 일으켜 세워도
나직한 문장들이
자꾸만 넘어져
피 흘리던
저녁

3부

오늘은 긴 잠을 잤거든

겨울은 길었고 우리는 걸었지

더이상 수선을 할 수 없을 만큼 낡아버린 코트가 내겐 한
벌 있지
　짙은 녹색이지만 그렇지만도 않은

　산책을 나가야지
　오늘은 긴 잠을 잤어
　오래 뒤척이지 않고 멈추지 않는 꿈을 꾸면서
　등이 아프고 피곤해
　영화를 보고 싶어
　상암으로 가서 〈몽상가들〉을 보던 날을 떠올려
　S양의 울음을 보았던가
　바람이 많이 불어왔지
　그날도 코트를 입었어
　낡아버린 코트

　모든 게 끝이 있지
　응 모든 게 끝이 있지
　스무 살처럼 푸른 나이도 푸른 관념도 푸른 희망도
　응 모두가 희미해지지
　붉은 고통도 선명한 사랑도
　학교 안 커피집에는 에스프레소 새 컵이 나왔어

　조그만 에스프레소 컵을 나는 좋아하지

흑빛도 쓴맛도 저 눈 감은 사람도
캠퍼스의 밤은 아름답지
나는 여름을 기다려
환상의 섬에 갈 거야
해변이 아담하고 인적이 드물다는
마을에서는 대마를 기르고 해 지는 바다에 떠 있다는

버스에서는 잠이 들어
나는 그것이 행복하다고 생각해
기대어 잠드는 것만큼 행복한 것은 없다고도 생각해
쓸데없이 우는 것이 미안하다고도 생각해
동물원에는 가지 못했어
게르하르트 리히터 전도 못 봤어
오늘은 긴 잠을 잤거든

노르웨이, 노르웨이

노르웨이에서 온 남자가
노르웨이로 간 여자를 생각한다

노르웨이
이곳이 바로 노르웨이인데
가방들이 얼음처럼 무거워진다

노르웨이의 새들은 물 위에서 잠을 잔다
조류에 밀려 부딪히면
그들은 부부가 되거나
북해의 끝과 끝으로 날아간다

날아가서 다시는 날지 않는다
노르웨이에서 온 남자도
노르웨이에서 온 여자도
노르웨이의 그림자들도

노르웨이로 간 사람을 생각한다
노르웨이를 생각한다

생각한다

연착

이 음악 어때?
익숙하게 물었을 뿐인데
당신은 갑자기 검은 가루 인간이 되어 흩날리기 시작한다
신비롭지만 서글프게 세상은
흩어지기 직전의 분말일 뿐이었는데

어둠 저편으로부터 스며드는 음악이 멈춰야만
이 모든 것이 끝날 것 같아서
꿈에서마저 만나야 하는 이 꿈을
모른다는 듯이
물끄러미 물러서 있다

내일이면 당신은
저승사자처럼 까맣게 돌아올 거라서
또 다음날이면
돌아온 적 없었던 듯 눈부시게 나타날 거라서

검은 가루 인간을 지켜보는 유일한 사람으로서
나는 조용히 깨어난다
그러고도 언제나
계속해서 깨어나야 할 것만 같다

폭설 내리고 겨울 저녁

모자 달린 셔츠를 입고 있으면
목이 졸리는 것 같고
점점 더 조여오는 것 같고
숨을 참아야 할 것 같고
그렇지만 재빨리

모자를 뒤집어쓰면
한결 낫다네
모자를 뒤집어쓰면
왜 이렇게 모든 게 한결
나아질까

모자 달린 셔츠를 입고 있다가
모자 뒤집어쓰고
손 찔러넣고
그러는 사람들은 조금 아는 사람

나는 엄마를 마중 나가네
엄마를 마중 나온 백수는
나밖에 없는데
하필 여기서 잠이 오네
오늘 밤에는 방향을 바꾸어 누워볼까

버스는 오지 않고
엄마는 길어지고
마주치고 싶지 않은 꿈을 피해
물끄러미 서 있네
모자 뒤집어쓰고

핀란드

어디로 가고 싶다고 했었죠?
네?
어딘가로 가고 싶다고 하지 않았어요 지난번에?
제가 그랬나요?
스칸디나비아반도 근처였던 것 같은데요
아, 핀란드요?
아, 핀란드

맛도 없는 싸구려 와인을 몇 곱절의 값을 내고 마시던 저
녁이었다
비가 오지 않았더라면 놀이터에 앉아서 맥주를 마셨을 거
였다

핀란드에는 왜 가고 싶어요?
그냥요, 겨울만 있잖아요
추운 게 좋아요?
예전에는요

하필 휴가 나온 날, 날씨 참
아, 내 인생엔 저주 같은 게 걸려 있는 게 아닐까
최병사가 앉은 창가 자리로 계속해서 비가 들이치고 있
었고
나는 와인 잔을 퉁겨보며 핀란드가 아닌 지중해의 이탈리

아가 더 행복할지도 모른다고 생각하고 있었다

　이국땅을 그리워하는 것보다는 고국을 그리워하는 편이
더 행복할 거라 생각하듯이

　난 사실은 이제 겨울도 핀란드도 무엇도 다 그저 그래 모
든 것이 다 그저 그린 것 같아

　그래? 겨울도?

　응. 겨울이 너무 추워졌어 여긴 남쪽이 아니잖아 서울 겨
울은 너무 추워

　아, 정말 날씨 짜증 나 전엔 비 오는 거 정말 좋아했는데,
홍대 이 거리로 돌아오면 너무 가슴이 설레고 벅찰 것 같
았는데, 옛날처럼 거닐어보고 싶었는데, 모든 게 다 한때
인 것 같아

　그날 나는 결국 상심해하는 최병사와 핀란드를 기억하
는 그와

　또 누구인가 말수가 적었던 한둘을 빗속에 두고, 홀로 귀
가했다

　춥고 허탈했다

　다시 오지 않을 계절의 다시 입지 않을 옷처럼

　핀란드를 떠올리며

일요일

일요일엔 비가 자주 왔다 일요일마다 창밖을 자주 내다보
았다 그렇다 일요일엔 비가 자주 온다

택시 기사가 가까운 길을 알려준다 그러나 이번엔 내가 아
는 길로 가겠단다 험한 세상이기 때문이라고 그러니 조심하
라고 우리 딸도 같은 또래예요 내가 여러 번 예 하고 대답한
다 네거리에 내려서 우산을 받쳐든다 짐은 무겁고 등이 아
프다 모든 기사들은 백 원을 더 받거나 백 원을 덜 거슬러준
다 보도블록에 고인 것들이 흘러간다 바나나들이 비닐을 뒤
집어쓰고 가만히 비 내리는 사람들을 본다 이런 날 차비가
없는 사람들은 차비를 좀더 쉽게 구할 수 있다 말끔한 남자
가 다가와 차비에 관하여 이야기하기 시작한다 삼천 원 삼
천 원이면 서울 어디든 갈 수 있다 나는 그렇게 믿는다 서울
어디든 가서 이 자리로 돌아올 수 있기까지 하다고 그러나
그는 내게 더 줄 것을 요구한다 다행히 내겐 더 줄 것이 없
다 마음이 편안해진다 저는 이것밖에 없어요 나는 어딘가로
전활 걸어 등이 아프다고 말한다

폭설

아가야 손가락이
다섯 개로구나
네 하얀 머릿속에도 이제
꽃순이 자라

눈 오면 눈 생각
비 오면 비 생각
기러기 날면
누군가를 그리워하겠니

아가야
손을 흔드는 아가야
명징한 것이라곤
하얀 뼈 물결

네 투명한 날들에도 이제
파도들이 자라

아가야
눈 내리는 날에는
눈을 보면 된단다

독수리 까만 숄

잠이 들고파
매일 버스가 도착하는데
자꾸만 말하네 까마귀 소년

나는 오늘 까아만 숄을 까마귀처럼
두르고 있지 아니 어쩌면 까아만
독수리 거닐던 세계를 오늘도
조용히 관망하는 관음증 걸린 독수리

독수리 까만 숄은 어제 저녁
길거리 인도 남자에게서 샀지
이봐요 덕분에 나는
까마귀 아니 독수리가 되었어요

감사의 말을 전하고 싶지만
길거리 인도 남자는 어제 그 길엔
나와 있지 않겠지 흔들리는 버스엔
올라 있지 않겠지

배고픈 까만 독수리
바람에 눈 깜빡이며 돌아간다
어디일지 모르는 그의 집
어쩐지 걱정되는 저녁

폴린느

폴린느 사실 나는 형편이 없어요 걸핏 하면 취하기를 좋아하고 쓸데없이 침울해지고 전기세도 밀린데다가 무능력하기 짝이 없는 인생이에요 이런 이야기를 하는 것은 순전히 L이 그리웠기 때문이에요 도대체 어디에다 토로해야 좋을까요 미안해요 오늘은 취했고 이런 글을 쓰고 싶을 뿐이에요 왜냐하면 지금은 Y대학의 캠퍼스가 자꾸 생각나거든요 거짓말이에요 Y대학의 캠퍼스는 그냥 해본 말이에요 사실은 버스를 기다리던 추운 겨울밤 수원까지 달려오던 크림 코트의 갈라를 생각하고 있는 거예요

폴린느 그냥 듣고 지우면 그만인 얘기일 뿐이에요 그러니 그냥 듣고 지우면 그만인 것이에요 그냥 듣고 지우면 그만인 것이니까 이야기할 뿐이에요 아무것도 없이 맥주를 마셔요 머리카락도 없이 한쪽 다리도 없이 손톱도 모두 빠져 맥주를 마실 뿐이에요 음악은 치료제가 아니지만 음악을 들어야 하니까 음악을 듣고 치유되지 않아요 아무튼 나는 울던 것을 마저 울어야 해요 그러니까 이런 글은 아무런 것도 아니지만 실례가 되었다고 해도 어쩔 수 없어요 아무것도 아닌 시간에 맥주를 마시고 있으니깐요

세 개의 밤과 서른 개의 밤을 지나

쌀이 많은 할머니의 쌀이 많은 딸. 동네 아이들은 쌀 수레 끄는 할머니네 큰딸 뒤로 졸졸 따라와 한 줌씩 집어들고 내달렸다. 그냥 둬라. 그냥 둬. 수레 끌던 아이는 생각에 잠겼다. 엄마는 뭘 그냥 두는 걸까? 차곡차곡 쌓이는 쌀들은 차곡차곡 사라졌다. 차곡차곡 수레 끌던 아이의 얼굴에 마른 버짐이 번졌다.

풍을 맞은 할머니가 다리를 심하게 절면 곧 겨울이었다. 바람가에 앉아서 휘용이는 연필을 깎으면서 엄마를 기다렸다. 나도 엄마를 기다렸다. 휘용이네 엄마라도 돌아오면 안심이었다. 세 개의 밤과 서른 개의 밤을 지나면 다시 마흔 개의 밤을 건너 엄마가 돌아왔다. 엄마의 치마는 할머니 치마보다 향긋했다. 홍교를 바라보며 할머니는 말했다. 인자 그만 데불고 가라.

돌이 많은 엄마의 돌이 많은 딸. 화단에 고양이가 살고 있어서 부엌에 쥐가 죽고 있었을까. 돌이 많은 아이는 생각에 잠겼다. 돌이 많은 엄마도 생각에 잠겼다. 바람이 부는 밤이면 둘은 자동차를 타고 다리를 건넜다. 섬의 밤은 아득하고 슬펐다. 엄마는 말했다. 이렇게 하면 불빛이 멀리까지 간단다. 그러나 가까이 오는 차가 있으면 이렇게 줄여주어야 해.

엄마는 할머니와 싸웠다. 둘 사이에는 도대체 왜 그러느

냐는 말밖엔 오가지 않았다. 할머니의 손자들은 당분간 생
각하지 않았다. 소파에 누워서 텔레비젼을 보고 있으면 곧
엄마가 방문을 쾅 닫고 나왔다. 조금 후에 할머니가 다리를
절면서 나왔다. 할머니는 웃었고 엄마는 울었다. 그러다가
명절이 몽땅 지나버리고

　우리들은 돌아와 한방에 모여 생각에 잠겼다. 잠을 자러
흩어지고 다시 모여 생각에 잠겼다. 오빠는 기타를 쳤고 언
니는 레너드 코헨을 틀었다. 우리들 속에 한 줌씩 집어온 돌
들이 쌓이고 있는 것 같았다.

글쎄 서울엔 비가

오늘은 폴린느가 결혼을 한다고 했는데
미쿡인 신랑과 강원도 산골에서
결혼식을 올린다고 했는데

글쎄 서울엔 비가 내리네
강원도에는 눈이 내리겠지

헐거운 레포트를 쓰던
대학 시절이 지나가네

헝클어졌던 의자들을 한 개쯤 접어야 할지
한 개쯤은 남겨두어야 할지
생각이 신통치 않네

느닷없는 새 한 마리 날아와
글쎄 마구 날개를 치네
실체도 없이
그리움만 서성이네

담담하게 가난을 이야기하고 싶어라
이것이 내가 하고 싶은 말의 두번째 문장이었지

해후

곳, 빛이 약한 그곳에 하필이면 놀이터가 있고 명진이는 흙바닥을 긋다가 지치면 찌그러진 그네를 타곤 했다 노란색 유치원 모자가 황갈색이 되도록 빨지 않은 건 명진이와 나, 둘이서 머물던 곳,

풀반지 끼고 걸으면 왜 홍교는 자꾸만 그림자까지 붉히고 있었을까 붉은 다리 그림자가 꼴 보기 싫어 둘이서 도로가를 따라 걷자고 손잡고, 좁은 인도를 따라 차근차근 걸어가면 이따금씩 노을이 스며들었던가,

분명히 손을 잡고 걸었는데 명진이는 보이지 않고 사람들은 어디서 나왔는지 붉은 도로 한가운데로 몰려들고 새빨간 사이렌 소리가 온 마을에 울려 퍼졌다 책가방까지 벗어던지고 나를 들쳐 업던 언니는 누구였을까 어디서부터 달려왔던 걸까,

너는 보면 안 돼, 눈 꼭 감아

응, 언니 그런데 명진이도 업어주면 안 돼?

빛이 약한 곳에서, 우리들이 한 번씩 그네에서 떨어지고 한 번씩 웃었다

깜깜해질 때까지

세상에 우리가 있어도 될 것도 같았지만

El Tango

허스키한 목소리를 가진 여자가 나타나
노래를 불러주면 좋겠다
손 맞잡고 춤도 추면 좋겠지
머리카락을 한 올씩 나누어 가져도 좋겠지
오늘은 바람이 불고 하늘이 의연한 회색을 띠고
그리고 비도 내리고 했으니까
바람을 한 움큼씩 바꾸어 가져도 좋겠지
손톱을 한 조각씩 버려도 좋겠지
목소리를 바꾸어 노래하고
눈동자를 바꾸어 바라보면
마음이 조금은 누그러지겠지

바람에 꺾인 나뭇가지를 주워다
연구소 창가에 세워두었으니까

누군가 시집과 함께 줬어요

수국이라고 부르는 게 맞나요?

나는 그것을 수국이라고 생각했어요 그리고 내가 수국 향을 그토록 싫어한다는 것을 처음 알았어요 나는 그날 속이 쓰리도록 허기가 져서 골뱅이에 섞인 면발도 집어먹고 치킨노 십어먹었어요 맥주를 아무리 마셔도 참 이상하죠? 허기가 가시질 않았어요

그거 아세요? 허기지는 것과 배고픈 것은 다르다는 것을

어디서부터였을까요 나는 아무튼 도망쳤어요 그러나 집에 돌아온 수국은 얼마나 역했는지

그래요 묻지 않고 이해를 구하지 않아요 나는 그날 종이 가방에 수국을 도로 집어넣고 다섯번째 책장 위에 올려두고 불을 껐어요 그러곤 다시 일어나 불을 켜고 수국이 들어 있는 종이 가방을 현관에 두었다가 다시 일어나 종이 가방을 집어들고 학교까지 걸어가 교내 쓰레기통에 버리고 말았어요

어떻게 그럴 수가 있냐고요?

태양이 내리는 캠퍼스 돌멩이를 껴안고 이 글을 씁니다

바람이 머리칼을 하도 곱게 밀길래

검은 구름은 모두가 검은 구름이다

일월에, 한 번도 마음먹지 않았던 어떤 대륙으로 떠날 것
이라고
당신은 말한다 그곳에서 당신 머리 위로 한 뼘씩은 떨어진
키를 가진 사람들이 아무런 무기라도 허리춤에 차고 다
닐 것이라고
나는 생각한다 어떤 극지방으로부터
사십 도만큼 추워져서 나타났던 것처럼
당신은 다시 어떤 간극을 짊어지고 떠나는 거라고
우리는 생각한다 우리의 온도와 시간은 그런 것이라고

나무 무늬를 가진 시멘트 벤치에
당신은 조용히 앉아본다
당신은 언제나 그런 틈에서 말하고 있다
그렇듯이
당신으로선 이해할 수 없는 나의 시간들을 이리저리 공
글려본다
그건 침묵 이외의 아무것도 아니다
저물녘 사람들의 발걸음 속도를 찬찬히 바라보며
엊저녁 잃어버린 시집을 되읊으며
도무지 안 되겠다는 듯이 커피를 마시는 것
이외의 아무것도

그렇듯이

당신은 떠난다고 말한다
연무로 뒤덮인 당신의 시야에도 이젠 무거워진 물방울들
이
하나씩 지상으로 와 닿는지
오토바이를 타고 커다란 대륙을 떠돌거나
아르헨티나로 가서 춤추는 택시 기사가 되기를 원한다
아주 느리고 풍족할 것이라고 당신은
나에 대해 그렇게 생각한다

이윽고 우리는 생각하지 않는다
파도가 멈추지 않기 때문이라고
아마도 그렇다고

언니의 알리바이

딸기 사먹으라고 준 돈 오만 원으로 몽땅 딸기를 사먹었
어요 그러니 먼지 소리가 들리는 것이죠 창문에 박혀 있는
것은 하얀 강철판 같은 오후 가끔씩 허공으로 토해졌다가
얼룩소를 만나요

언니가 입은 검은 앞치마가 좋았어요 거기에 물 묻은 손
을 닦고 나면 꼭 무슨 일인가 저질러버린 기분이 들었거든
요 그것이 좋았어요 언니가 키우던 페페를 보세요 잎사귀가
저렇게 어디로 번져가고 있어요

그러니까 멍멍 한다면 멍멍, 뒷집 강아지가 밥을 먹을 때
마다 등을 쓰다듬어준 적도 있지요 그럴 때 우리는 안심하
고 천천히 밥을 먹을 수 있다고요 물 묻은 손을 들어 해를
가리면 손이 증발하고 물만 남는다고도 이야기했었나요?

언니가 어떻게 있었는지 가끔씩 생각해요
해가 번개처럼 내리면서 등줄기나 뒤통수를 쓸고 가는 한
낮에
문득 뒤를 돌아보듯이,

사려 깊은 대화의 기술

한 손을 다른 손 위에 포개고
입술을 보고 있다
움직일 때까지

그렇지만 드디어 움직이기 시작한다면
움직이지 않을 때까지

뒤뚱거리는 걸음새를 가진 너는
가뿐하게 날아와 착륙할 줄도 알까

어쩌면 한 귀를 다른 귀에게 건네주었을 것이다
가늘고 청량한 컵처럼 조용히 앉아 있다

모든 것이 증발해버렸다고 한다면
다시 차오를 때까지

주의를
기울이지 않아도 되는 시간이었다

아름다운 그녀는 울지 않아요 —

권희철(문학평론가)

1. 시와 일기

김이강의 몇몇 시편들은 시와 일기 사이에서 머뭇거리는 것처럼 보일 때가 있다. 예컨대 이런 장면들. 익사하거나 교통사고로 죽은 어린 시절의 친구들에 대한 회상의 반복(「소독차가 사라진 거리」「해변에서의 조우」「해후」). 혹은 파산한 어머니와 피아노 치는 딸이 등장하는 우울한 풍경 묘사의 반복(「폭우」「well-tempered clavier」). 그리고 택시를 탄 어느 비 오는 일요일에 대한 스케치나(「일요일」) 군대에서 휴가 나온 친구와의 술자리에서 오고간 말들과 말해지지 않은 단상들의 기록(「핀란드」) 등 소소한 일상의 단면에서 출발한 시의 산개(散開). 이런 장면들에서 김이강의 시는 그녀의 사적(私的) 체험의 기록이거나 그 기록의 시적 변형이라는 인상을 강하게 풍기고, 그 때문에 우리는 시를 통해 시인의 실제 삶을 엿보고 있는 듯한 느낌을 받게 된다.

어쩌면 시와 일기 사이에서 머뭇거리는 김이강의 시를 통해서 그녀의 맨얼굴을 훔쳐보려는 우리의 관음증적 욕망을 충족시키는 일이 가능할지도 모르겠다. 하지만 우리의 관심은 그녀의 시에서 실제 경험의 단면들을 발굴해내고 그것을 지렛대 삼아 그녀의 시적 환상을 현실적인 장면들로 옮겨놓는 데 있지 않다. 김이강의 시에서 그녀의 실제 경험의 단면들이 중요한 자리를 차지하는 것이 사실이라고 하더라도, 그것은 그 단면들이 현실적이고 일상적인 그녀의 삶 자체를 이루는 소중한 구성 성분이기 때문이 아니다. 바로 그 단면들은 자신의 뒤에 시적 환상의 그림자를 반향하고 있는 한에서만 그녀의 시에서 중요한 자리를 차지할 수 있다. 좀 더 정확히 말하자면 바로 그 단면들이 일종의 입구가 되어 경험적이고 현실적인 차원 너머에 있는 시적 환상이 그녀 의 언어로 침투하고, 동시에 일종의 문턱 혹은 방파제가 되 어 시적 환상이 지나치게 범람하지 않도록 방지하는 복합적 인 역할을 맡고 있기 때문에 일상의 어떤 단면들이 그녀의 시에서 중요한 자리를 차지할 수 있는 것이다. 김이강의 시 편들은 경험적 일상을 기록하고 있다기보다 그녀 일상의 어 떤 단면들을 통해 현실 너머에 있는 시적 환상을 침해하고 들춰내는 동시에, 들춰진 약간의 시적 환상만을 허락하면서 너무 많은 시적 환상이 그녀의 일상 전체를 완전히 삼켜버 리는 것을 간신히 저지하고 있다고 말해야 할지도 모른다.

  김이강의 시편들이 시와 일기 사이에서 머뭇거리는 것처 럼 보인다는 우리의 인상은 이런 맥락을 통해 이해해야만 한다. 시적 환상과 일상 사이의 잠정적 휴전 혹은 잠재적 전 투 상황. 우리의 관심은 시와 일기 사이에 그어진 전선(戰線) 속에서 감춰지면서 드러나고 드러나면서 감춰지는 저 시적 환상의 반향, 오로지 그 반향뿐이다.

2. 다락방에 숨은 아이, 황홀과 불안 사이의 동요

어린 시절 겪은 친구의 죽음에 대한 회상처럼 보이는 시 「소독차가 사라진 거리」에서도 실상 이 시의 떨림을 이루고 있는 것은 친구의 죽음 자체보다 시적 환상의 범람에 대한 예감 혹은 황홀과 불안 사이의 동요인 것 같다.

방과 후에는 곤충채집을 나섰지만
잡히는 건 언제나 투명하고 힘없는 잠자리였다

우리는 강가에 모여 잠자리 날개를 하나씩 뜯어내며
투명해지는 방법에 대해 생각했다
익사한 아이들의 몸처럼 커다란 투명
정환이네 아버지 몸처럼 노랗게 부풀어오르는
투명 직전의 투명

우리는 몇 번씩 실종되고 몇 번씩 채집되다가
강가에 모여 저능아가 되기를 꿈꾸는 날도 있었지만
우리들의 가족력이란 깊고 오랜 것이라서
자정 넘어 나무들은 로켓처럼 암흑 속으로 사라졌다가
아침이면 정확히 착지해 있곤 했다

몇 번의 추모식과 몇 번의 장례식

몇 개의 농담들이 오후를 통과해가고
낮잠에서 깨어나면 가구 없는 방처럼 싸늘해졌다
우리에게 알리바이가 필요했다

방과 후면 우리는 소독차를 따라다니며 소문을 퍼뜨리고
우체부를 따라다니며 편지들을 도둑질하고
강가에 쌓인 죽은 잠자리들을 위해 기도하고
우리는 드디어 형식적 무죄에 도달할 것 같았고
우리는 끝내 자정이 되면 발에 흙을 묻힌 채 잠이 들었다

몇 번의 사랑과 몇 번의 침몰들도
암흑 속으로 사라졌다가 세상 끝 어딘가에서 착지하고
—「소독차가 사라진 거리」 전문

　학교가 끝나면 친구들과 함께 몰려다니며 물장구도 치고
잠자리도 잡던 어린 시절, 친구 중 몇몇이 그만 물에 빠져
죽고 말았다. 불행하게도 그런 일들이 종종 있어 몇 번의 추
모식과 장례식을 치러야만 했으나 아이들은 아이들답게 소
독차도 따라다니고 편지도 훔치고 잠자리 잡는 일을 계속해
왔다. 그러나 정작 이 시의 떨림은 그런 회상 속에 있지 않
다. 회상 되고 있는 사건들 뒤에 달라붙어 있는, 투명해지는
것에 대한 황홀과 불안 사이의 모호한 동요가 결정적이다.
　나무들은 밤이 되면 어둠 속으로 제 모습을 감춘다. 밤마

다 사라져버릴 준비를 하는 한에서, 나무는 대지에 뿌리박은 채 정지해 있는 식물이 아니라 대기를 향해 날아오를 준비를 마친 로켓이다. 하지만 경이로움은 나무가 로켓으로 변신한다는 것에서 그치지 않는다. 밤마다 대기권 밖으로 날아간 나무들이 아침이면 매번 정확하게 어제의 그 자리로 돌아온다! "실종"과 "채집", "침몰"(혹은 로켓의 비행)과 "착지"에 대한 어린 시절의 경이로움을 기억하고 있는 그녀의 욕망은 대기권 밖으로 날아가는 모험 쪽으로 기울어져 있는가, 아니면 그런 위험한 일탈을 멈추고 다시 제자리로 돌아오는 귀환 쪽으로 기울어져 있는가. 김이강의 시는 이 가운데 어느 한쪽으로 자신의 노선을 확정하기를 거부한다. 그녀의 시는 양립할 수 없는 두 욕망 사이에서 동요하는 모호한 분위기를 지속시킨다. 그녀의 나무들은 대지가 자신을 구속한다고 느끼고 탈출하고 싶어하지만 대기권 밖으로 나가는 로켓 운동은 너무나 위태로워 언제나 제자리로 돌아온다. 그녀의 나무들은 탈출을 꿈꾸면서도 동시에 포획되어 뿌리박히고 싶어한다. 나무들은 밤마다 날아오르고 아침마다 착지한다.

밤이 되면 검은 나무들이 암흑 속에서 제 모습을 감추듯이, 아이들은 잠자리의 투명한 날개를 뜯어내며 투명해지는 방법에 대해 생각한다(이 시에서 완전한 투명과 완전한 암흑은 구분되지 않는다. 암흑과 투명은 모두 시선으로부터 어떤 대상을 감추고 사라지게 하는 것이다). 아이들이 투명해지면 자신의 "실종"을 완성시킬 수 있을까. 그래서 어른들에게 발견("채집")되고 결국 현실 세계로 돌아와야 하는 그 일을 끝낼 수 있을까. 결코 돌아오지 않는 익사한 아이들이야말로 투명해지는 데 성공한 걸까. 그러나 그런 식으로 친구의 죽음을 생각하는 것은 너무도 위험한 농담, 어쩌면 악마적인 농담이다. 세계의 바깥으로 빠져나가려는, 투명함에 대한 욕망은 죽음과 너무 가까운, 위험하고 악마적인 농담이다. 황홀하지만 불안한 농담이다. 그러므로 아이들은 자신들이 소망한 황홀한 범죄에 대해 알리바이가 필요하고, 그 때문에 세계 안의 소소한 범죄들(소독차를 쫓아다니며 소독 연기처럼 모호하게 피어오르는 거짓 소문을 만들어내고, 편지를 훔치며 소문을 불식시키는 사실의 문장들을 삭제하는 아이들의 장난스런 범죄들)이야말로 자신들의 쾌락인 체하면서 보다 근본적인 범죄에 대해 꿈꾼 적 없는 체한다. 그런 방식으로 일상을 즐기는 한에서 아이들은 황홀한 불안 속에 꿈꾸어진 근본적인 범죄(투명해지고 세계로부터 빠져나가며 죽음을 꿈꾸는 것)에 대해 "형식적 무죄"가 될 것도 같다. 하지만 자정이 지나면 나무들이 로켓이 되듯이 아이들 또한 꿈속에서 또다시 세계 바깥으로 빠져나가고, 그러나 놀라워라 아침이 되면 나무가 그랬듯 아이들 또한 제자리로 돌아온다. 황홀과 불안을 반복해서 경유하는, 원환으로 닫힌 궤적운동이 지속된다.

아이들은 투명해지기를 소망한다. 그러나 아이들은 동시

105

에 꿈속에서 자신도 모르게 투명해질까봐, 그들이 익사한 아이들과 같은 운명이 되어 자신들이 은밀하게 품어온 불순한 욕망에 유죄가 선고될까봐 불안해하며 어른들에게 채집되어 제자리에 돌아올 것을 소망한다. 이 양가적인 감정이 잠자리에 대한 아이들의 태도에도 반영되어 있다. 잠자리의 투명한 날개는 선망의 대상이자 증오의 대상이다. 잠자리를 잡는 아이들의 손길에는 양립할 수 없는 두 가지 명령어가 겹쳐져 있다. '잠자리처럼 투명한 날개를 가질 수만 있다면 우리도 이 보잘것없는 현실을, 어른들의 손아귀를 빠져나갈 수 있을 것이다. 그러니 찬탄 어린 손길로 잠자리의 투명한 날개를 모으고 그 투명함에 동화되어라!' '잠자리는 세계로부터 빠져나가려는 불순한 욕망을 자신의 날개에 버젓이 드러냈다. 세계를 부정하고 배신하는 그들의 날개에 복수를! 어른들이 숨어 있는 우리를 찾아내듯 우리는 잠자리를 채집하자. 그들을 파괴하고 그들의 시체를 강가에 쌓아두자!'

　이 황홀과 불안 사이의 동요는 어린 시절을 벗어난 뒤에도 지속된다. 사랑이나 시련("침몰")을 겪으며 우리는 우리의 현실적 조건들로부터 이탈하는 체험을 할 수도 있지만 결국 세상 끝 어딘가로 되돌아온다("착지"). 사랑과 침몰을 통해서도 세계를 벗어날 수 없었다는 아쉬움이면서 동시에 세계에 무사히 착지할 수 있었다는 안도감. 이것은 어쩌면 다락방에 숨는 아이들의 동요와 흡사한 것인지도 모른다. 엄마의 지나친 보살핌으로부터 벗어나 혼자만의 환상의 왕국 속에서 황홀한 고독을 즐기는 아이가 "우리 아가는 어디로 갔을까?" 하는 엄마의 목소리까지 덤으로 즐기면서도, 한편으로는 엄마가 자신을 영영 찾아내지 못할까봐 다락방에 영원히 혼자 남겨질까 불안해하는 황홀과 불안 사이의 동요.

황홀과 불안 사이에서 동요하는, 이 미결정된 정서는 우리에게 한 가지 사실을 뚜렷하게 제시한다. 그녀에게는 투명함에 대한, 빠져나감에 대한 욕망이 있다. 혹은 그녀를 투명하게 하고 빠져나가게 할 어떤 악몽이 매일 밤 그녀를 찾아온다. 그녀가 그것을 은밀히 기대하는지 두려워하는지에 대해서는 판별할 수 없지만, 그녀에게 어떤 황홀한/불안한 꿈이 접근하는 것만은 분명하다.

「미용사들」의 악몽 또한 황홀과 불안의 중첩으로 되어 있다.

슈퍼맨처럼 망토를 두르고 앉았다

귀 자르는 것을 주의하라는 말은 무슨 뜻일까

망토 위로 귀가 떨어지는 꿈을 꾸게 될 것이다
더 크게 비명을 질러야 할 것이다
당신이 깨워줄 때까지 귀가 떨어져 쌓일 것이다

거울 속에서 섬뜩하게 눈을 뜬다

모든 싹을 감추어두었는데도
내 인생은 나를 눈치챈 것만 같다

어쩌면 망토를 두르고 집에 가야 할 것 같다
—「미용사들」 전문

　미용실에 앉아 졸고 있는 그녀의 꿈속에서 그녀의 귀는
미용사의 가위에 잘려나가고, 번성하는 넝쿨처럼 잘려나간
만큼 다시 자라서 꿈에서 깰 때까지 계속해서 잘려나가기를
반복한다. 귀가 잘리는 악몽에서 깨어난 그녀는 생각한다.
'내 안에 숨겨져 있는 무엇인가를 들키고 싶지 않지만, 방금
내 꿈속에서 그것이 식물처럼 자라나서 '귀=싹'으로 피어
나 제 모습을 드러내고 말았다. 내 인생이 그것을 눈치챈다
면 세계를 배신하는 나의 내밀한 범죄적 욕망에 유죄를 선
고하겠지? 인생은 세상의 이치에 따라야 하는 것이니까. 저
싹을 더 꼼꼼하게 숨겨두자. 망토 속에 나 자신을 감추자!'
　그녀의 불안한 경계심에는 모호한 데가 있다. 그녀는 감
춰도 감춰도 돋아나는 자신의 내밀한 범죄적인 꿈 자체를
두려워하는 것일까, 아니면 꿈의 싹을 자르려는 미용사들의
가위를 두려워하는 것일까. 그녀의 망토는 그녀의 꿈으로부
터 자신을 지키는 것일까, 아니면 그녀의 인생(혹은 귀=꿈
의 싹을 잘라내는 가위)으로부터 그녀의 꿈을 지키려는 것

일까. 미용사들은 그녀의 귀＝꿈의 싹을 거세하는 난폭한
아버지들일까, 그녀가 아버지들의 손아귀에 붙들리기 전에
그녀를 숨겨주려는 자상한 어머니일까. 어느 쪽으로도 확정
될 수 없는, 황홀과 불안의 모호한 출렁거림. 그것이 김이강
의 시에 고르게 번져 있는 감정의 물결이다.

3. 돌멩이 속 애벌레

가끔씩 김이강의 시는 모호한 출렁거림을 끝내고 싶어하
는 것처럼 보일 때가 있다. 「폭설 내리고 겨울 저녁」과 같은
시에서 "모자를 뒤집어쓰면/ 한결 낫다네/ 모자를 뒤집어쓰
면/ 왜 이렇게 모든 게 한결/ 나아질까"라고 묻고 "마주치고
싶지 않은 꿈을 피해/ 물끄러미 서 있네/ 모자 뒤집어쓰고"
라고 답할 때를 보면, 김이강은 자신의 모호한 감정들을 불
안 쪽으로 정리하는 듯하다. 그녀를 찾아오는 꿈 혹은 시적
환상은 한편으로 황홀한 것이지만 다른 한편으로는 일상적
이고 경험적인 세계를 무너뜨리는 악몽이다. 고통스러운 악
몽으로부터 물러나 자신을 어떤 껍질이나 덮개로 보호하며
("모자를 뒤집어쓰고") 자기 안으로 숨어들고 싶어하는 마
음을 상상하는 것은 그리 어려운 일이 아니다. 그럴 때 김이
강은 고통스러운 꿈의 침입으로부터 벗어나 세계 안에 착지
해 일상의 편안함을 맛보고 싶은 것일까.

김이강의 시에 종종 등장하는 '돌멩이'는 물러섬, 은닉, 휴식에 대한 상징이다. 더이상 물러설 곳이 없을 때까지 자신 안으로 단단하게 감기면서 자기 자신을 견고한 은신의 성곽으로 만들기, 자신 안에서 어떤 내밀한 무엇인가가 자라날 수 없게 스스로를 단단하게 얼려버리고 비밀을 원하는 어떤 시선도 자신 안으로 침투할 수 없게끔 하는 거절하기. 강화된 "망토"이자 "모자"이며, 단단한 껍질이자 덮개 그 자체로 이루어진 존재, 돌멩이.

　　안녕? 돌멩이
　　안녕 안녕?
　　돌멩이

　　우린 서로 말이 없구나

　　안녕 돌멩이
　　안녕 안녕?
　　안녕? 돌멩이

　　우린 모두 공개되지 않았어

　　그러니 안심하렴

우린 계속 말이 없어도 된단다

안녕 돌멩이
안녕 안녕?
안녕? 돌멩이

우린 모두 가마니를 뒤집어쓰고
가만히 앉아 있구나

안녕? 돌멩이
내 이름은 애벌레야
—「안녕, 돌멩이」 전문

이 시는 마지막 행이 등장하기 전까지 확실히 돌멩이의
단단한 방어 속에서 편안한 휴식을 취하는 것처럼 보인다.
돌멩이는 안심해도 좋다. 계속해서 아무 말 없이 가만히 앉
아 있어도 좋다. 황홀과 불안 사이에서 동요하는 심연이 없
는, 그저 단단하게 뭉쳐져 있는 껍질 그 자체인 돌멩이는 편
안하다.
그러나 이 방심이 허락되는 휴식은 마지막 행에서 부서지
고 있는 것 같다. 지금 돌멩이에게 아무 말없이 있어도 좋
다고 '말 걸고 있는' 것은 애벌레다. 단단한 알을 깨고 나온
꿈틀거리는 벌레, 완성된 형태에 도달하기까지의 변신 자체

를 자신의 형상으로 삼는 존재, 번데기를 짓고 들어가 다시 한번 번데기를 부수고 나오는 꿈틀거리는 힘 그 자체인 애벌레. 그것은 어떤 의미에서 개방된 내밀함이고 껍질 혹은 덮개를 열어젖히며 분출하는 내밀함이다. 그러므로 휴식을 취하고 있는 돌멩이에게 그 휴식을 긍정하는 인사를 건네는 것처럼 보였던 이 시는 마지막 행 때문에 의미가 뒤집힌다. 애벌레의 인사는 돌멩이를 동요시키고 돌멩이의 휴식 안으로 들어가 돌멩이의 내밀함을 발생시키고 팽창시키며 무엇인가를 대답하게 한다.

약간의 비약을 감수한다면 우리는 여기서 고뇌에 찬 시적 탐구를 이끌어낼 수도 있을 것이다. 세계로부터 빠져나가는 황홀한 위험 속에서 죽음을 경험할 것인가, 비가시적 영역의 환상적인 풍부함을 포기하고 세계에 안착할 것인가. 양갈래길 앞에서 선택을 미루는 머뭇거림 혹은 동요 자체를 시적 동력으로 삼는 대신, 바깥으로부터 뻗어오는 이미지의 꽃을 일상의 정원 안에서 어떻게 가꿀 수 있겠는가 혹은 그 이미지의 범람 속에서도 현실적이고 경험적인 차원들의 무너져내림을 어떻게 막아낼 수 있을 것인가 하는 문제에 대한 고뇌에 찬 탐구가 이 순진하고 귀여운 동시(童詩)처럼 보이는 「안녕, 돌멩이」에는 숨겨져 있는 것이다. 저 단단한 돌멩이의 심부(深部)에 애벌레의 꿈틀거림을 부여할 수 있을까. 애벌레의 개방된 내밀함이 대기 속에서 녹아 없어지기 전에 그것을 보존하는 껍질을 형성할 수 있을까. 돌멩이와 애벌레 둘 가운데 어느 하나가 다른 하나를 제압할 수 없는 교착상태가 아니라, 양립 불가능한 두 요소의 정밀한 짜임. 이것은 시적 환상을 일상적이고 경험적인 언어 안에서 가까스로 수신하려는 김이강의 시적 실험이 아닐까.

이렇게 말할 수도 있겠다. 김이강에게 시란 돌멩이를 쓰다듬는 하나의 기술이라고. 그렇게 해서 돌멩이 속에 애벌레의 꿈틀거림을 유도하면서 세계 내의 안착과 바깥으로의 빠져나감의 불가능한 결합을 꿈꾸는 기술이라고.

김이강의 시에 조금 갑작스럽게 돌멩이들이 등장하는 것을 이런 배경 속에서 음미해볼 수도 있겠다. 예컨대「Undo」의 마지막 연이 "돌멩이를 껴안고 이 글을 씁니다/ 바람이 머리칼을 하도 곱게 밀길래"로 끝나는 것은 다음과 같은 사항들과 호응하고 있지 않은가. 친구에게 받은 선물을 쓰레기통에 버림으로써 선물 받은 사실 자체를 취소한 일(undo)을 시로 옮겨 적는 일은 선물을 버릴 수밖에 없었던 어떤 마음의 형편을 비밀로 남게끔 보호하고 있던 덮개를 벗겨내는 일(undo)과 같고, 그것은 바람이 나의 머리칼을 곱게 쓰다듬듯 내 마음에 맺힌 어떤 돌멩이를 쓰다듬어 그 안의 어떤 내밀함을 풀어내는 일과 같다. "도처에서 몰려다니고 있"는 "말하고 걷는 물질성"의 "어떤 불길한 꿈들"을 읽어내는「개들의 산책」은 실체가 불분명하고 모호한 기척들을 묘사하려는 불가능한 시도를 시작하기 위해 그 첫 행을 "돌들이 밀려오고 있었지"로 시작해야만 했다. 돌멩이들

의 더미 속에서 어떤 꿈틀거리는 내밀함이 피어나게 하고
그것을 포착하려는 시도들.

키울 수 있어요
밥 주고 물 주며 안아줄 수 있어요
노력할게요
해질녘엔 휘파람도 불어줄 수 있어요
엊그제 우리는 시청을 걸었어요
사슴처럼 앞발을 모으고
덕수궁 지나 영화관 지나 주차장 지나
선글라스를 끼고 걸었어요

등에는 파스를 붙이고 걸었어요
손 닿지 않는 곳에서 구겨져 있는
피로나 그리움 같은 것들도
미술관 앞에 하나씩 시청 앞에 하나씩
남겨두었었나요?

아무도 쓸어가지 못하면
돌멩이가 되고 낙엽이 되고
부드러운 털을 쓰다듬을 수 있어요
더는 아무것도 없어요
그렇지만 노력할게요

검은 앞치마를 두르고
우리의 밤을 통째로 휘젓고 있는 범인이
어디엔가 존재할까요
아무튼 이게 다예요
사슴과 돌멩이와 낙엽과
더는 아무것도 없어요
—「Black Apron」 전문

　그녀에게 주어진 것은 "사슴과 돌멩이와 낙엽"뿐이다. 사
슴처럼 앞발을 모으고 덕수궁 돌담길을 걸었던 연인과의 추
억("사슴")은 누군가 계속해서 보살피고 가꾸지 않는다면
자신 안으로 움츠러들어 무감각하고 딱딱한 과거의 사실들
가운데 하나가 되어버리거나("돌멩이") 아무렇게나 휩쓸리
고 흩어지다가 잊혀진 기억이 되버린다("낙엽"). 그녀의 꿈
을 사랑의 행복한 순간으로 만들었다가 이별의 슬픈 순간으
로 만들었다가 마음대로 휘젓는 마녀 요리사("검정 앞치마
(……) 범인")가 어딘가에 있는 것이 아니라면, 그녀에게
남은 것은 추억이고 그 추억은 단단하게 굳어버린 돌멩이거
나 흩어지고 바스라지는 낙엽이다. 이제 사랑의 불꽃놀이가
모두 끝났다면 이제 그녀는 모든 것을 잊고("낙엽") 새로운
삶을 시작하는 것이 현명한 것일까. 그럴지도 모르지만 그
녀가 그렇게 하기를 원하는 것 같지는 않다. 그녀는 추억의

돌멩이를 쓰다듬고 그 쓰다듬는 행위 자체가 돌멩이의 표면에 부드러운 털이 돋아나게 하고 마치 추억의 돌멩이가 그녀가 기르는 강아지라는 듯이 "밥 주고 물 주며 안아줄 수 있"고 "키울 수 있"는 것처럼 느껴진다. 이제 그녀는 추억의 돌멩이-강아지를 데리고 그와 함께 걸었던 거리를 산책하면서 여기저기 구겨져 있는 "피로나 그리움"을 다시 꺼내볼 수 있을 것이다. 이렇게 놓고 보면 사랑의 행복한 순간과 이별의 슬픈 순간들을 마음대로 휘젓는 마녀 요리사는 돌멩이-강아지를 쓰다듬는 그녀 자신처럼 보이기도 한다. 돌멩이 속에 "피로와 그리움"의 산책의 걸음걸이를 유도함으로써 경험적 일상을 살아가는 동시에 환상적 추억의 범람을 허용하는 마녀 요리사.

4. 아름다운 그녀는 울지 않아요

돌멩이 속에 애벌레를 키우고, 경험적 일상을 유지하는 가운데 꿈과 비밀, 시적 환상에 대한 탐험을 계속하려고 하기 때문에 김이강의 시는 소소한 일상의 단면들을 기록하면서도 그 위로 실체가 불분명한 비가시적 기미들이 쏟아지는 장면들을 포함하고 있다. (예컨대 "어디선가 투하되고 있는 이것들을/ 뭐라고 불러야 할 것인가/ 구부려도 펴도 나아지지 않는,"(「바람 부는 날에 우리는」), "느닷없는 새 한 마리 날아와/ 글쎄 마구 날개를 치네/ 실체도 없이/ 그리움만 서성이네"(「글쎄 서울엔 비가」))

「글쎄 서울엔 비가」「침수」「폭우」「바다 밑바닥에서의 며칠」「일요일」 등의 잠겨 있는 물의 이미지나 다른 여러 시에 등장하는 어린 시절 친구들의 익사 등과 함께 생각해본다면, 일상의 단면들 위로 쏟아지는 저 비가시적 기미들은 다양한 요소들을 쓸어담고 녹이며 그 용액 속에 자신 또한 녹아내리는 물의 원소인 것처럼 보일 수도 있겠다. 확실히 꿈은, 내밀한 꿈틀거림은, 시적 환상은, 일상 세계의 사물들이 갖고 있는 분명하고 완강한 윤곽선을 잃어버린 채로 흘러내리고 서로 뒤섞인다는 점에서 물의 성질을 갖는다. (아마도 이번 시집에서 이 점을 가장 잘 보여주는 것은 「모니끄네 집」일 것이다. '꿈에서 깨어나는 꿈'의 중첩 속에 갇혀 있는 이 시는 끊임없이 늘어나는 꿈의 미로 속에서 결코 빠져나오지 못한 채 점근선적으로 꿈에 익사하는 것에 접근하고 있다.)

하지만 우리가 지금까지 강조한 것처럼, 김이강의 시는 그러한 물의 범람 속에 스스로 익사하는 물의 원소로만 이루어져 있지 않다. 반복하는 셈이지만, 시적 환상의 범람과 경험적 일상의 살아감을 동시에 유지하려는 불가능한 시도, 여기서의 문맥으로 다시 말하자면 물의 범람과 대지의 삶을 함께 유지하려는 불가능한 시도가 김이강의 시에는 있다. 대지의 삶 안에서 물의 심연을 들여다보고, 헤엄치는 대신

― 물속에서 흙길을 걷는 불가능한 꿈.

　　나는 이가 네 개나 없지만
　　바람이 새어나가지 않도록 주의하자
　　머플러가 흘러내리지만
　　목이 잘리지 않도록 주의하자
　　보랏빛 강가를 걷고 있지만
　　시퍼렇게 물든 표정으로 기어나오는
　　언니들을 보고 놀라지 않도록 주의하자
　　그래도 이렇게 추운데 언니들이 왜 그곳에서 나온 걸까
　　나는 머플러를 풀어서 목이 잘린 언니에게 둘러준다
　　추운데 왜 거기에 있었어요
　　그녀는 말이 없다
　　이가 몽땅 빠져버린 걸까

　　(……)
　　가끔은 앞으로 뒤로 걷다가
　　내가 밀쳐내고 나온 저 물속을
　　기억하고 말겠지
　　나는 머리칼에 엉켜 붙은 풀들을 하나씩 떼어낸다
　　떨어져나간 수초들이 조금씩 그리워지는 것 같았다
　　얼어붙은 발걸음들이 조금씩 선명한 슬픔으로 빠져드
　는 것 같았다
―

추문처럼 사람들은 자꾸만 되살아나는 것일까
　　—「투과하는 세기」 부분

　김이강은 오필리어처럼 자신의 눈물 속에서 익사하는 물
의 여자가 아니다. 그녀는 보랏빛의 강물을 헤쳐나온 여자,
헤엄치기보다 산책하는 여자다. 그녀는 결국 물의 심연을
기억해내고 물결 같은 수초의 흔들림을 그리워하게 될 테지
만, 그녀의 발걸음은 슬픔 속으로 녹아내려 헤엄처럼 바뀔
수도 있겠지만, 물의 여인들이 그녀 앞에 자꾸만 나타나 인
사를 건네며 알아들을 수 없는 말을 건네겠지만, 그녀는 우
선 그 물의 범람으로부터 대지의 삶을 유지하려 한다.("바
람이 새어나가지 않게 주의하자 (……) 목이 잘리지 않도
록 주의하자 (……) 언니들〔물의 여자들〕을 보고 놀라지 않
도록 주의하자")
　물의 범람, 시적 환상의 흘러넘침을 어떤 결정화(結晶化)
와 함께 순화시킬 수 있겠는가. 그 범람과 흘러넘침을 경험
적 일상 안에서 수신하는 것이 가능하겠는가. 이것은 아마
도 김이강이 자신의 시에 대고 묻는 질문이리라. 앞으로 그
녀의 고뇌에 찬 시적 모험이 어떤 열매를 맺게 될지 좀더 지
켜봐야겠지만, 「우리에겐 아직 유머가 있다」와 같은 시는
눈물을 대신한 그 결정(結晶)이 유머의 열매는 아닌가 하고
암시하는 듯하다.

하루 종일 졸음을 참는 일은
　　하루 종일 조는 일과 같을까 다를까
　　졸음과 안 졸음 사이에서
　　고민과 안 고민은 와이어에 매달려 있는데
　　모든 것이 순조롭다면
　　어딘가에 우리의 유머가 남았다는 뜻일까
　　―「우리에겐 아직 유머가 있다」 부분

　　우리가 '꿈'과 '깨어 있는 의식' 사이에서, 일상적 고민들과 그러한 고민들 너머의 이미지의 황홀 사이에서 "와이어 액션"을 할 수 있다면, 그것은 "모든 것이 순조롭다"는 뜻이기도 하겠다. 시적 환상과 경험적 일상의 위험한 인접상태에서 불가능한 순조로움을 성취하고 어떤 기품을 만들어내는 이 감정의 경지를 김이강은 "유머"라고 썼다.

　　유머라고? 시인이 부분 인용한 로베르 두아노의 문장을 마저 인용하면 이렇다. "삶은 물론 즐겁지 않다. 하지만 우리에겐 아직 유머가 있다. 유머는 우리가 느끼는 감정을 가둬놓는 일종의 은닉처다." 삶의 피로와 누추함, 서글픔은 물론 없앨 수 없는 것이지만 유머는 잠깐 동안 그것들을 자신 안에 숨겨둘 수 있을 것이다. 유머가 삶의 피로와 누추함, 서글픔의 은닉처가 될 수 있다면, 유머는 세계를 위협하는 시적 환상의 불안을 위한 은닉처 또한 될 수 있지 않을까? 마치 돌멩이가 자신 안에 애벌레를 품듯이? 어쩌면 「말과

염소」나 「푸른 저녁」과 같은 시의 유쾌한 분위기가 여기에
합당한 사례가 될 수 있을 것 같다.

　　말이 말하네
　　매혜 매혜 염소야
　　나도 제법 염소 같지 않니

　　염소가 말하네
　　끼히힝 말아
　　너는 그래가지고는 염소 되긴 글렀다

　　염소는 담배를 물고 의자에 길게 앉았다
　　말이 의기소침하여 염소를 물끄러미 바라보고 있다

　　그리고 한 남자가 풀밭에 누워 있다
　　그에게는 사랑하는 사람이 있었고
　　지워버렸다

　　하늘이 얼룩져 있다

　　말이 다시 말한다
　　왜 내 여자친구는 너를 좋아할까

염소가 말하네
　　그걸 알았으면 우리는 등장도 못 했지!

　　한 남자가 두 손으로 목을 감싼다
　　그에게는 지워버린 사람이 있었고
　　자신의 그림에서 빠져나오고 싶었다

　　그것이 그를 그리게 했다
　　얼룩진 하늘에서 가장 멀리 떨어진 곳
　　한 남자가 풀밭에 누워 있다

　　하늘이 얼룩져 있다
　　─「말과 염소」 전문

　아마도 이런 경험적 일상을 떠올릴 수 있겠다. 어떤 남자
가 있어 한 여자를 사랑했으나 정작 그 여자는 다른 남자
를 사랑했다. 그 남자는 풀밭에 누워 구름 낀 하늘을 쳐다
보며 자신의 슬픔을 지워버리고 싶다고 생각함으로써 슬픔
에 대해 계속 생각하고 있다. 구름은 흘러가며 이러저러한
모양으로 바뀌는데 어느 순간 남자는 두 덩어리의 큰 구름
이 말과 염소를 닮았다고 생각한다. 그런데 구름은 계속 모
양이 바뀌고 말 구름이 염소 구름을, 염소 구름이 말 구름
을 닮아가는 것 같다. 그 장면을 오래 지켜보며 남자는 생

각한다. '내가 그 남자처럼 말하고 행동했어야 했을까. 그랬다면 그녀가 그를 사랑했던 것처럼 날 사랑할 수 있었을까.'("말이 말하네/ 매혜 매혜 염소야/ 나도 제법 염소 같지 않니? //(……) //말이 다시 말한다/ 왜 내 여자친구는 너를 좋아할까")

투명한 하늘은 자신의 슬픔을 투사한 그 남자의 그림으로 온통 얼룩져 있고 그 얼룩 속에서 남자는 자신의 슬픔을 완전히 지울 수 없을 것 같다. 하늘은 그의 슬픔의 얼룩으로 가득하지만, 남자가 자신의 슬픔을 하늘 캔버스에 그림으로 그리는 한에서, 그 그림이 말과 염소의 만담(漫談)으로 되어 있는 한에서, 그는 자신의 슬픔 속에 익사한 것은 아니지 않는가. 말과 염소의 만담이 우리를 웃음 짓게 할 때 그 웃음 아래로 슬픔의 일부가 드러나면서도 감춰지고 있지 않은가. 남자의 눈물은 말과 염소의 만담에 안겨 있으며, 그런 한에서 과도하게 흘러넘쳐 풀밭 위의 남자를 익사시키지도 않고 증발되어 사라지지도 않는다.

그런데 하나의 이미지("푸른 저녁")가 그녀의 마음속에 들어와 경험적 일상의 문제들("숙제")을 삼켜버린다면? 그래서 세계가 허물어질 위기에 처한다면? 그럴 때 역시 유머의 전략이 동원된다.

푸른 저녁에 대하여 생각하느라
숙제를 도저히 못 하겠는 것이라

푸른 저녁을 쓰고
숙제를 해야겠다고 생각한 것이다
푸른 저녁
이렇게 네 글자를 써버려야지
그리고 숙제를 해야지

숙제를 빨리 해버려야지
그리고 푸른 저녁에 대해
실컷 생각해야지
생각하다 푸른 저녁이 되어버려야지
푸른 저녁이 되어버려서
나를 생각해야지
나를 생각하다가
나로 돌아오지는 말아야지

숙제는 묵은 문제
묵은 문제는 묵혀서 먹어야 제맛이니까
그렇지
푸른 저녁을 실컷 생각하다가
푸른 저녁이 된 다음에
숙제를 먹으면 되렸다
　　　　　　　　—「푸른 저녁」 전문

내가 푸른 저녁의 이미지에 사로 잡혀 숙제를 할 수 없을 지경이라면 그 이미지를 물리칠 게 아니라 차라리 그 이미지를 받아 적어 이미지에 대한 매혹을 진정시키고 그리고 나서 숙제를 하겠다. 숙제를 해결한 뒤에 그 이미지를 오래도록 즐기기로 하자. 그 이미지를 너무 열심히 즐긴 나머지 내가 이미지가 되기로 하자. 그것이 나와 나의 세계를 완전히 포기하는 것은 아니다. 내가 푸른 저녁을 생각했듯 이번엔 내가 '이미지가 되기 전의 나'를 생각하기 때문에. '이미지'가 '나'를 찾아왔듯 이번엔 '이미지가 된 나'가 '이미지가 되기 전의 나'를 찾아오기 때문에. 그러고 나서 경험적 일상의 문제들을 즐기고 있기 때문에. "푸른 저녁이 된 다음에/ 숙제를 먹으면 되렷다"

〈"푸른 저녁"-이미지〉와 〈"숙제"-일상의 '나'〉는 자유롭게 서로 자리를 바꾸고 서로에게 침투하고 활성화하며(쓰이지 않은 이 시의 4연을 생각하면서, 여기서 좀더 나간다면 자리바꿈과 침투를 더욱 가중시킬 수도 있겠다. "묵은 숙제를 생각하느라/ 푸른 저녁이 도저히 못 되겠는 것이라/ (……)") 둘 사이에서 그녀는 순조롭게 "와이어 액션"을 하고 있는 것이 아닌가. "숙제를 먹으면 되렷다"로 끝나는 이 "와이어 액션"이 우리를 웃음 짓게 할 때 이것을 유머가 아니라면 뭐라고 부를 수 있을까.

이런 시들에서 김이강은 울지 않는 대신 우리에게 어떤 유머를 선물한다. 시적 환상의 흘러넘침을 경험적 일상 안에

서 수신할 수 있도록 하는 어떤 결정(結晶)을. 그 안에서 애
벌레가 꿈틀거리는 그녀의 돌멩이를.

김이강 1982년 여수에서 태어나 바다 보며 자랐다. 2006년 겨울『시와세계』로 등단했다. 한양대학교 국어국문학과를 졸업했고 아직 그곳에서 공부하고 있다.

문학동네시인선 026
당신 집에서 잘 수 있나요?
ⓒ 김이강 2012

1판 1쇄 2012년 9월 25일
1판 11쇄 2024년 12월 5일

지은이 | 김이강
책임편집 | 김필균
편집 | 김민정 강윤정 김형균
디자인 | 수류산방(樹流山房) 본문 디자인 | 유현아
저작권 | 박지영 형소진 최은진 오서영
마케팅 | 정민호 서지화 한민아 이민경 왕지경 정유진 정경주 김수인 김혜원
        김예진
브랜딩 | 함유지 함근아 박민재 김희숙 이송이 김하연 박다솔 조다현 배진성
제작 | 강신은 김동욱 이순호
제작처 | 영신사

펴낸곳 | (주)문학동네
펴낸이 | 김소영
출판등록 | 1993년 10월 22일 제2003-000045호
주소 | 10881 경기도 파주시 회동길 210
전자우편 | editor@munhak.com
대표전화 | 031) 955-8888 팩스 | 031) 955-8855
문의전화 | 031) 955-2696(마케팅), 031) 955-2678(편집)
문학동네카페 | http://cafe.naver.com/mhdn
인스타그램 | @munhakdongne 트위터 | @munhakdongne
북클럽문학동네 | http://bookclubmunhak.com

ISBN 978-89-546-1920-2 03810

www.munhak.com

문학동네